山口一世句集

明り窓

ふらんす堂

山口一世句集＊目次

明り窓

句集　明り窓

山口一世

明り窓

平成十九〜二十一年

校名を縫ひし袴や弓始

神宮の御札火となるどんど焼

歌舞伎座を出て掛けらるる春ショール

会うてまた別るる銀座春の夜

大の字を寝かせて京の山笑ふ

百年を経し盆梅の力瘤

山藤の房勢揃ひ平家村

手を挙げて去りし自転車花月夜

崩れ去る渦潮を追ひ春鷗

いろ褪せてよりの貫禄武者幟

この涼風鑑真和上より給ふ

やたら鳴る風鈴誰も買はざれば

一塊の火より噴き出て揚花火

寄り添ひて強き火となる螢かな

螢狩叡山電車またも過ぐ

七つ星重くて翔てぬ天道虫

水無月やルノワール観てモネを観て

生駒山いつしか暮れて薪能

船上に袖触れ合ひて薪能

一隻は噺家の船天満祭

待つもよし門前茶屋の竹床几

大漁旗巻かれて梅雨の船溜り

白塗りの悪役出でて夏芝居

曝書してまた読み返す転戦記

百隻の船往き交ひて天満祭

片陰を拾ひて歩く大路かな

捕虫網買はれて直ぐに風孕む

蜜豆や青春引き寄せたき銀座

雲払ひ晩夏の黒き富嶽かな

栗ごはん出てお開きとなる法事

潔き余生送れと鵙の声

山見ゆる処がよろし茸飯

挙手凛と神宮衛士の白手套

山見えぬ街に住み慣れ十二月

十一面襖に延びし筆の梅

電柱のてつぺんに人春近し

帽子被せる我が外套の脱け殻に

鮟鱇の不貞寝のごとく糶の台

平成二十二〜二十四年

霊峰に谺反して山始め
一頭は疎まれゐたる厩出し

涅槃図を拝し芸大美術館

涅槃図を拝み嘆き加はらず

お茶席へ導くあかり梅雨の星

サーファーの背に絶壁の波頭

喝采にまたひと暴れ祭獅子

空を切る買つたばかりの捕虫網

神苑に隠れがちなる羽抜鳥

水かぶり喧嘩祭へ駆けゆけり

水軍の海躍り出てつばめ魚

僧堂の涼しさにある立華かな

大学の艇庫全開青葉湖

天に闇返して花火終はりたり

二条城忍者のごとき草取女

入水せし音どどどんと夏芝居

夕焼を離さぬ水上レストラン

駒繋ぎ残る街道の麦の秋

てつぺんの弟子を叱りて松手入れ

山上駅降りて直ぐ会ふ赤とんぼ

山荘の遠き隣家や男郎花

山里を元に返せと鵙猛る

蓑虫の粗衣いつまでも風の中

月蝕を観る着ぶくれの肩寄せて

凍鮪足蹴にされて並べらる

平成二十五〜二十七年

雲はいま白馬のかたち初御空

ものの芽や勾配急に石畳

ものの芽や廃材どかと置かれたる

遠足の昼餉へ届く船の笛

啓蟄の蟻を蹴散らす竹箒

啓蟄の蟻出で直ぐに働けり

啓蟄や亡夫の名刺まだ捨てず

山峡の日は逃げやすし蕗の薹

城濠へ先を争ふ落花かな

真四角の芝を積み上げ植木市

朧夜を別れ別れてひとりかな

焙烙をまだまだ運ぶ壬生狂言

ままごとはお家の中で菜種梅雨

一斉に鳴る風鈴に買手来ず

烏賊釣の一連の火のきれぎれに

遠泳の準備体操砂まみれ

下校児のプールに濡れし髪のまま

夏草や跡かたもなし脱藩路

改札口二階にありて夏燕

義仲寺の庭を狭めて著莪の花

蟻走る新撰組の屯所跡

久闊を叙す午陰に入りながら

金輪際落ちぬ構への蟬の殻

五十集屋のにほひ巷に鰹どき

子の家に客人として夏座敷

早乙女の泥より出でて授乳かな

大津絵の団扇の鬼の煽られて

笛の音の闇を貫く夏芝居

天界の深きへ花火駆け昇る

唐橋の欄干摑む暑さかな

道行の影重なりて夏芝居

武者幟荒波つづく熊野灘

母衣蚊帳を覗いてみんな初対面

鋲立や縄千丈を使ひ切り

滅びゆくものは一気に牡丹散る

夕焼の磯路や海女の饒舌に

羅を脱ぎ落したる疲れかな

来る蟻にぶつかり蟻の直進す

涼風や去り難くして幻住庵

和宮御宿跡とや葭簀掛

廻廊を巡る秋風浮御堂

盆僧に会釈して出るエレベーター

皺々の中に象の眼秋暑し

菊人形蕾みあるまま解かれけり

秋祭結の大鍋湯気上げて

信楽の重き手応へ土瓶蒸し

振り返り帰りゆく子や秋の暮

石たたき千畳岩を走りぬけ

端役より解かれ始めて菊人形

朝露やまだ踏まれざる百度石

亡き父の笛を携へ秋祭

霧晴れて一舟のみの浮御堂

戻り来て直ぐに追はるる稲雀

淀君の墓にまつはり秋の蝶

稲刈機峡の隅々まで響く

深秋や丹の色さやに曼荼羅図

閉ざさるる大学艇庫冬に入る

顔見せや襲名口上涙ぐみ

国宝の天守を下りず寒鴉

手応へのなきものの押へ落葉籠

切り分けし末子の聖菓サンタ載る

絶巓を雲に隠して山眠る

大寺に生命ながらへ冬の蝶

着ぶくれてみんな無言のエレベーター

着ぶくれの店主棚より古書下ろす

冬の雲はなればなれの関ヶ原

馴染みなき乗換駅の寒さかな

百畳の堂の寒さに爪立ちぬ

百度石踏まさぬやうに散紅葉

布陣図の屏風一双大広間

平成二十八〜三十年

一湾に光張る初日かな

海坂に消ゆる一舟初景色

初鴉熊野の神の森出でず

湾に沿ふ百戸を染めて初日かな

照らされてみな顔見知りどんど焼

薄氷を踏み砕きゆく剣道部

お水取りどよめき消えて残る闇

さよならは何時も三叉路月朧

てふてふやだんだん畑の段ごとに

街道に一両菓子とや春の宵

校門で深き一礼卒業す

咲きそめて烟るごとしや山の藤

三井の鐘撞けば桜の散り急ぎ

寺町や結界越えて花吹雪

出港の父へ手を振る入学児

小屋を出て老犬永き日を睡る

陣地跡みな総立ちの松の芯

卒業の紫紺の袴折目美し

日の匂ひさせ野遊びの子が戻る

濡れ若布つるして島の公民館

浜木綿や並べて干され海女の桶

野遊びに満ち足りし子の寝顔かな

疵あまた付きし勝爪飾られて

剣道具担ぐ一団雪解道

蜑が家の高き石段つばくらめ

サングラスかけて故郷を素通りす

女学校と呼びし日遠し花茨

トマト熟る島の寸土を大切に

暗闇に点る一灯夏芝居

夏山を去るゴンドラに脚を垂れ

会うて直ぐ別るる駅の薄暑かな

紀の川の光纏ひて夏つばめ

紀の川の風存分に鯉幟

乗車口ぴたと止まれる冷房車

水軍の海へ漕ぎ出す祭船

他所者のごとくに見られサングラス

登山杖母校見ゆると指しにけり

道場に黒がねの武具飾りたる

白南風やちぎれ飛び来る鸐の声

風を遣り過ごしてもとの青田かな

風鈴の音に急かされ一つ買ふ

緑陰の校外授業膝を抱き

連れ立ちて口も利かざる大暑かな

ざら紙の教科書まじる土用干

どこにても聞こゆる島の盆太鼓

葦刈りの皆隠れゆく葦の中

月光を閉め出すごとく門とざし

月明や家の真中の太柱

紅葉してメタセコイヤの火の並木

桟橋を踏み鳴らし来る盆の客

秋晴やキリンの顔の下りて来て

秋風と共にとほされ写経の間

神領の田に早咲きの稲の花

身構へてゐて蟷螂の弾かるる

石庭に漣立てず秋の風

着飾れる案山子大事に運ばれて

直立のままに傾く案山子かな

天空を映す一湾月今宵

燃え尽きしごとくに暮るる紅葉かな

夫の墓去らんとすれば秋の蟬

密教の山に紅葉の隠れなし

冷まじや分校跡もなく消され

おぼろげな記憶の祖母や火の恋し

真っ新な落葉を厚く奥の院

神の乗る雲ちりぢりに神渡し

短日や足早に散る駅の人

断崖に鷹の孤影や奥熊野

冬満月揺るるごとくに出でにけり

曇天を仰ぎて鳴かず冬の鵙

早梅を活けて神宮衛士詰所

平成三十一～令和四年

空港の明り綺羅なす去年今年

千畳岩搏つ白波や実朝忌

梅林にまぎれたるかに庚申堂

がんセンターロビーに雛を飾りゐて

せはしなき棚田の蝶の上り下り

春疾風とり残されて峡十戸

逝く春や父母へ敬語の兵の遺書

蝶来ては去る牛小屋の明り窓

藤色に近づきゆくや藤の花

朧夜にまぎれて淡し牛舎の灯

フェリーボート過ぐ神島の鯉幟

待つ人のなきバス停や余花の雨

奥の院踏めど音なき夏落葉

夏雲の映れる川に子等遊ぶ

夏芝居死の道行の比翼紋

花火観るため一部屋の灯を消して

帰省するたびに子の声父に似て

紀の国や闇に匂へる花蜜柑

空つぽのバス来て停る麦の秋

三人の吾子の文集土用干

山門に人待つごとし道をしへ
青芝に伸ばす手足の若さかな

天守なき城を隠して夏の霧

道場に女性剣士や花石榴

日盛りや来る子を待ちて裏木戸に
梅雨雲の覆ひて湖の色消ゆる

復興のシャベルを濡らす夕立かな

夕焼や水尾並べ曳く帰漁船

涼しさやベンチ一つは湖に向き

短夜や書きたる文の中に誤字

檣頭に校旗はためく志摩の夏

うそ寒や己消しつつ拭く鏡

これよりは家路真つ直ぐ星月夜

ひとしきり鳴いて寺去る法師蟬

ままごとの後片付けや鳳仙花

葦刈の進めば見ゆる人の数

下校児の急かされ帰る秋の暮

絵馬はみな豊漁祈願島の秋

義仲寺に佐渡の赤石雁渡る

懇ろに洗ふ子の手や鳥渡る

山房に独り占めして今日の月
真正面のみ見て案山子暮れにけり

早々と閉ざす山荘鳥兜

対岸の灯をかき消して湖の霧

天空に色なき風や伊吹山

白粉の花海女小屋の出入口

無住寺を開け放ちたる観月会

せせらぎの闇に聞こゆる虫送り

音もなく散りて嵩なす紅葉かな

ひっそりと茶筅工房石蕗の花

顔見世の六方辨慶縞見せて

呼ばれたる気のして夜半の虎落笛

荒波につづく荒波能登の冬

散り尽す一樹離れず散紅葉

城濠の黒鳥白鳥には即かず
世を捨てしごとき一軒冬木立

雪晴や神馬出仕の時の来て
島人のなべて大声冬うらら

表札の名は変はりゐて寒紅梅

母と子のジョギングコース枇杷の花

茹で上る蟹に雪来る能登の市

枯菊を折れば残りの香を放つ

病室から満開の河津桜を見て

願ふ死は花満開の散らぬ間に

付　思い出

昭和三十七〜四十五年

五月雨の東京駅に吾子残し

紫陽花を剪るあぢさゐの中に入り

盆唄に遠き汽笛をさしはさむ

虫籠を提げて少女の帰寮かな

以下は特・入選句など

風車一つおくれて風を得し

花火見て大群集と帰路につく

戻り道また新しき落葉踏む

昭和四十六〜五十五年

ポケットに納め勝独楽大切に

初凪や浦曲に沿へる旗幟の色

雛はみな眉目美しく相似たり

卒業や旧き駅舎に母待たせ

ただ歩む祇園囃子の鳴る方へ

流灯やかりそめの影水に引き

落葉焚く煙は神の森出でず

以下は特・入選句など

初泣をさせて悲しき医師の業

波乗りの舟横抱きに浜を去る

波乗りに
舟横だきに
浜辺ちぎ一を

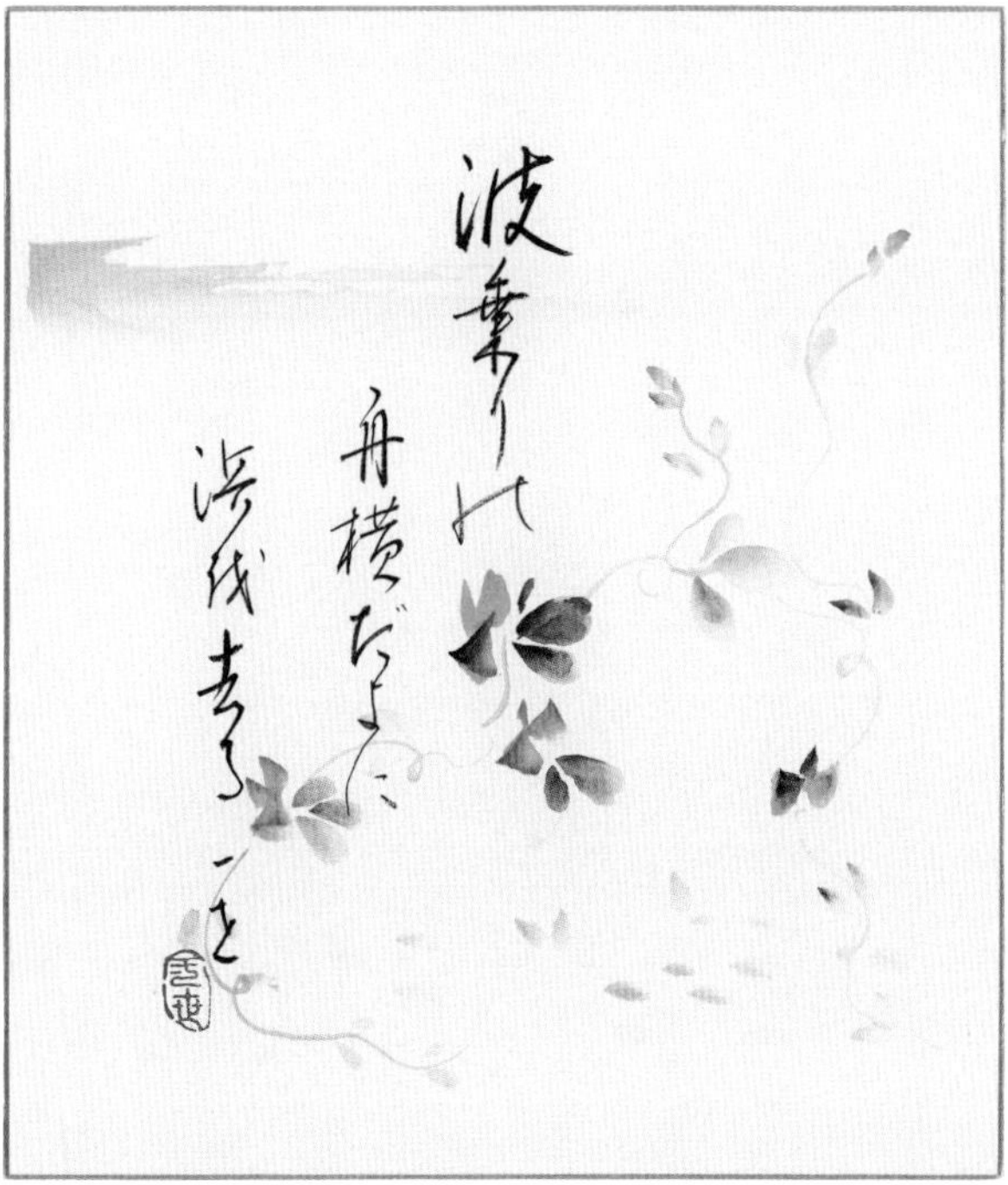

母の手に戻れば餅の稚児ならず

くれかかる土に行く蟻戻る蟻

盆踊島の広場は一つきり

稲架襖立ち方形の田を囲む

昭和五十六～六十四年

つぶやきに似たり老婆のなづな打ち

千両箱吊りて福笹撓まざる

山焼の火明かりに立つ奈良の塔

壊されしビルの巣燕誰も知らず

緋縅の鎧も褪せし花の冷え

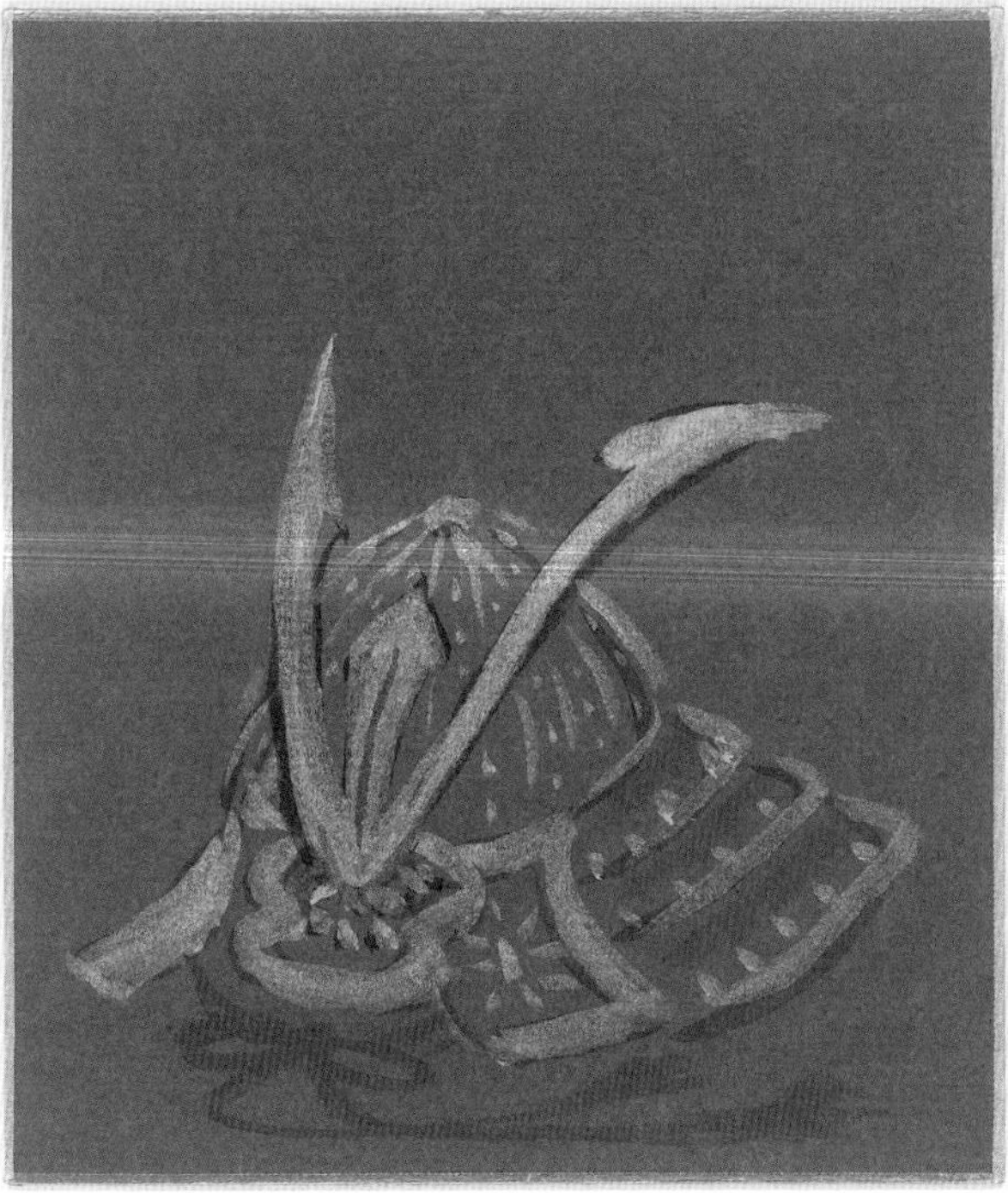

俗は柵もて隔てられ涅槃像

涅槃哭くこの禽獣のしづけさよ

ふるさとの山河に飽きてサングラス

模範泳たつた一人の水飛沫

ヨット航く若き軀を帆となして
耀告ぐる鐘の高鳴り初鰹

月輪は欠けず連打の花火にも

糊硬きシーツに帰省子を寝かす

山頂で出会ふ両県より登り

散る中に次の花火の傘ひらく

鰯雲大魚となりて灘覆ふ

一つ目で八方睨み鳥威し

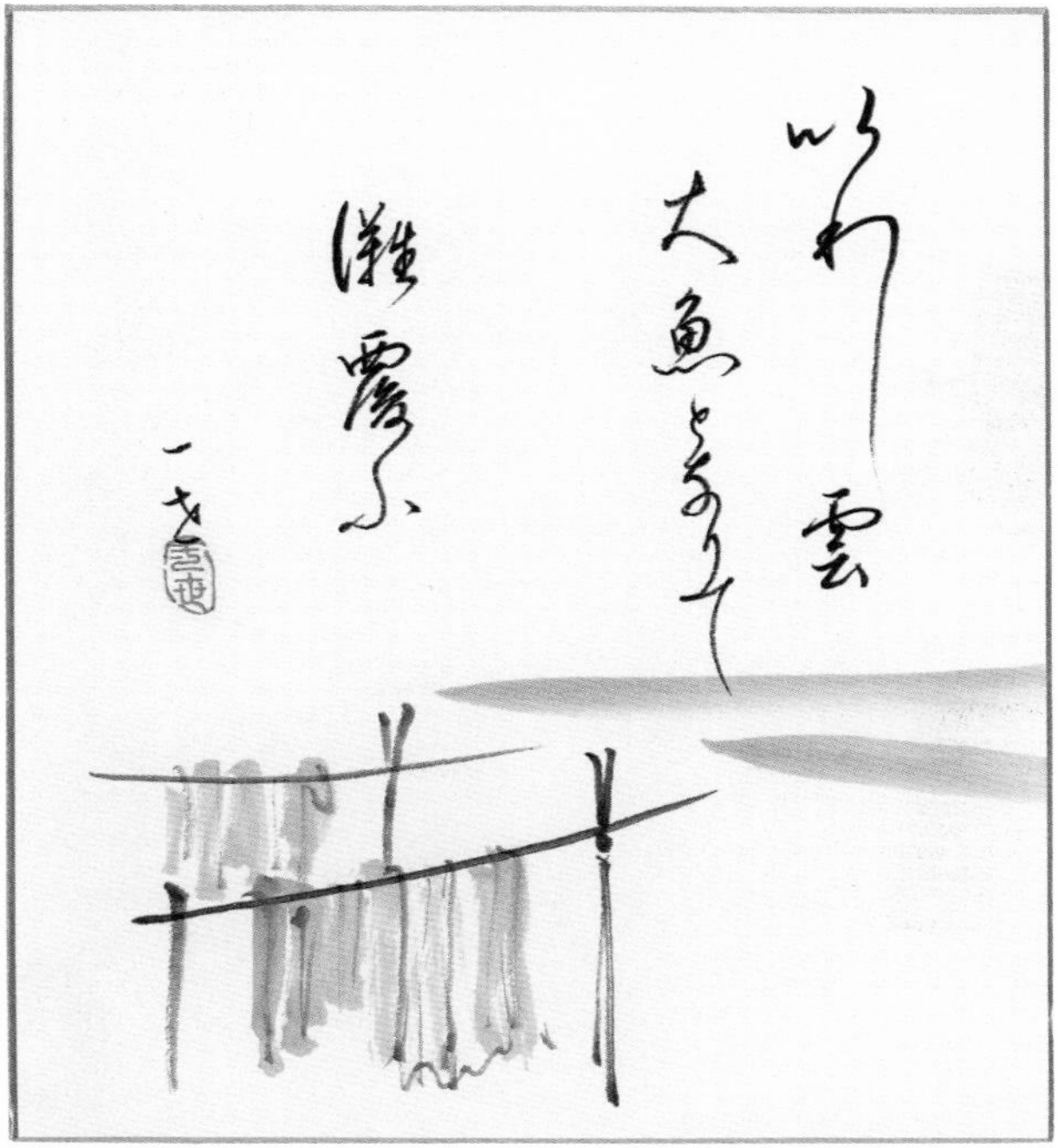

浜菊を活けて小島の診療所

目を閉ぢて月の出を待つ安乗木偶

凩も岐れて行くよ三叉路に
掃き寄せし落葉を風のまた攫ふ

交番も柊挿して悪寄せず

切り分けて本家分家へ寒の鰤

天平の古刹雪舞ひ雪浄土

凍鮪血も流さずに挽き切られ

以下は特・入選句など

弟に譲りし独楽の勝ち進む

初売やベストセラーを高く積み

洗車して滴るままに出初式

雛祭る雛と同じもの食べて

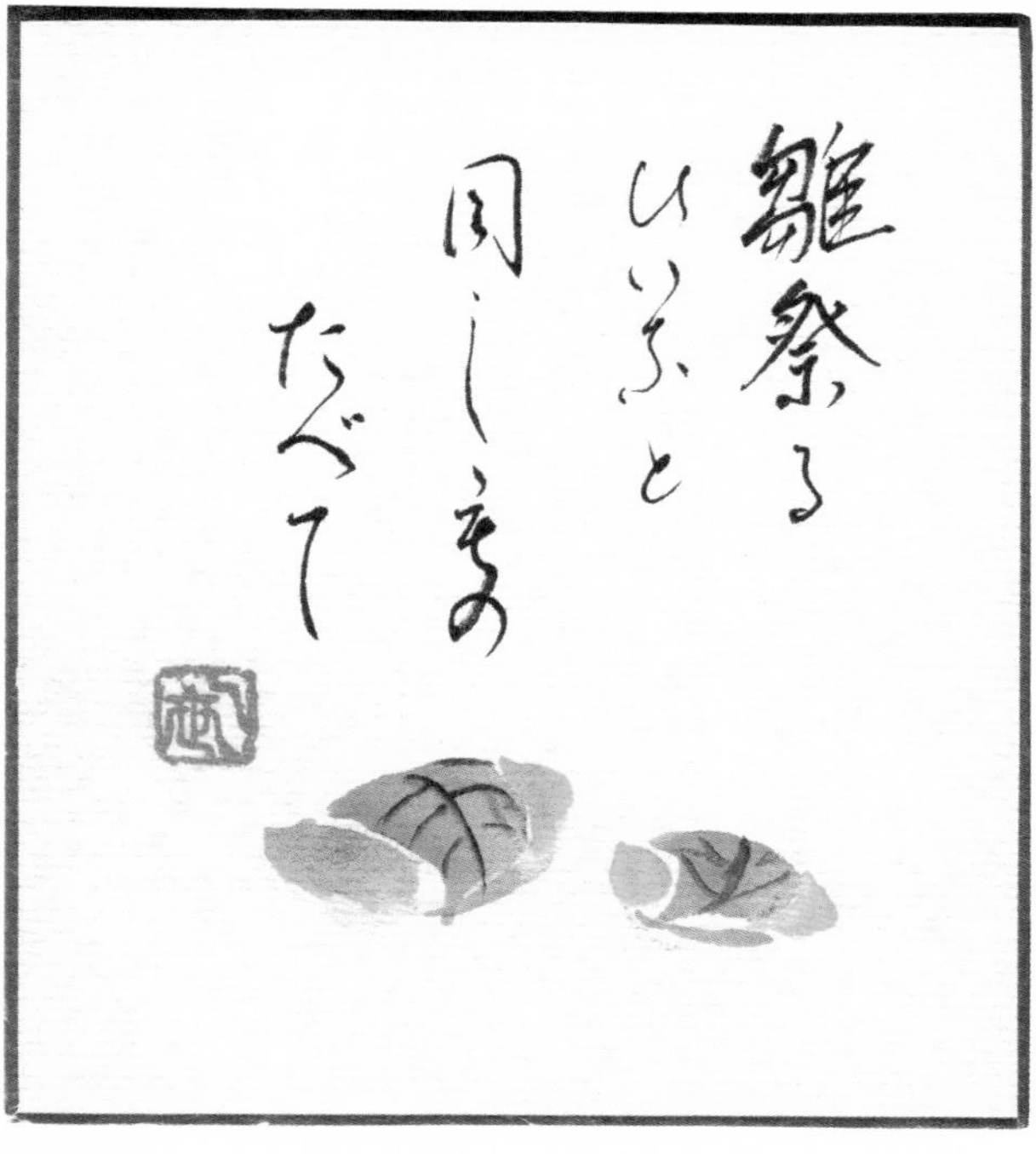
雛祭る
同じもの
たべて

帰省子のたつた一人に舟を出す

磐石を神と祀りて青田中

檜葉をもて飾る紀州の祭山車
高木にて熊野の鴉神迎へ

平成元〜九年

福笹の金の俵に金の縄

福笹の金の俵や
金の縄

搏ち合ひてともに退く喧嘩独楽

紅白の梅より顕ちて天守閣

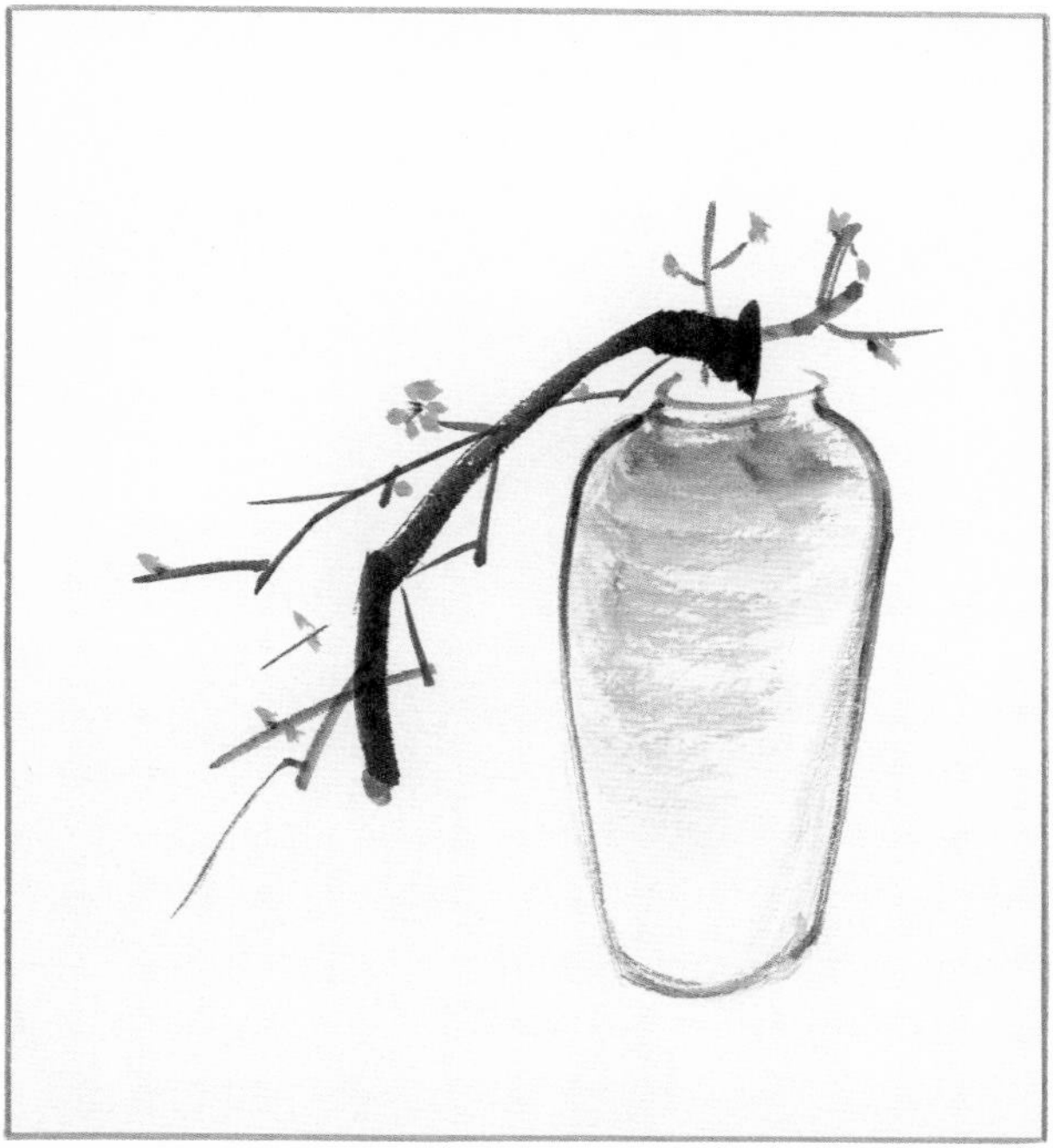

ふるさとの山河讃へて卒業歌

藤房の幣を垂らして神路山

風車すべて廻りてまだ売れず

仏ばかり見て花冷えの奈良を去る

名木に夜は燭あてて植木市

明日もまた励まむ海女の磯着干す

夏霧の閉ざせし那須の御用邸
神の田に入る早乙女が手を繋ぎ

船型の簗をかけたる平家村

梅雨の蝶草に沈みてより翔たず

梅雨寒や平家遺せし写経石

万緑へ鐘撞く知盛卿のため

老鶯の平家有縁と声絞り

川下り白瀬を越えてまた白瀬

登山の荷負ひて車中も俯ける

帰省車のまた特急に追ひ越され

沖合へ打込む鼜の盆太鼓

万霊を乗せ送り火の船傾ぐ

紅白の縒強くして鳥威し
奏楽の浄衣触れ合ふ観月会

長き夜のまた始めから電光板

秋声や雄叫びもなし賤ヶ岳

潤む眼となりて牡鹿の角伐られ
衆生にも濡れし行者の冷え伝はる

伊勢平氏発祥の地の返り花

音曲の絶えし茶屋町花八つ手

曲水の流れ残して雪の庭

群の中より抜け出して番鴨

雪を被て白龍となる臥龍松

刀剣を背に寒泳の老師範

以下は特・入選句など

涅槃図の禽獣釈迦に近寄れず

子の熟睡《うまね》たしかめ雛の灯を消しぬ

雛みな眼みひらき流さるる

帰省して直ぐに僧衣の父に蹤く

こぼれ鰯踏んで鰯を山と積む

葦刈女葦の中にて声交す

禅寺に散り盡したる大銀杏

ヨセフよりマリア大柄聖夜劇

聖夜劇終り天使が椅子運ぶ

遅き父待ちて聖菓に刃を入れず

聖夜劇終へて
天使が
椅子運ぶ

御成道駆く少年の寒稽古

平成十〜十七年

これ以上積めば零るる宝船

蓋を噴き上ぐる勢ひ福沸

連獅子の化身紅白枝垂梅

遺体曳きゆく病廊の雛の前

金輪際動かぬ牛を厩出し

隠れ里
稲架り
投線明り

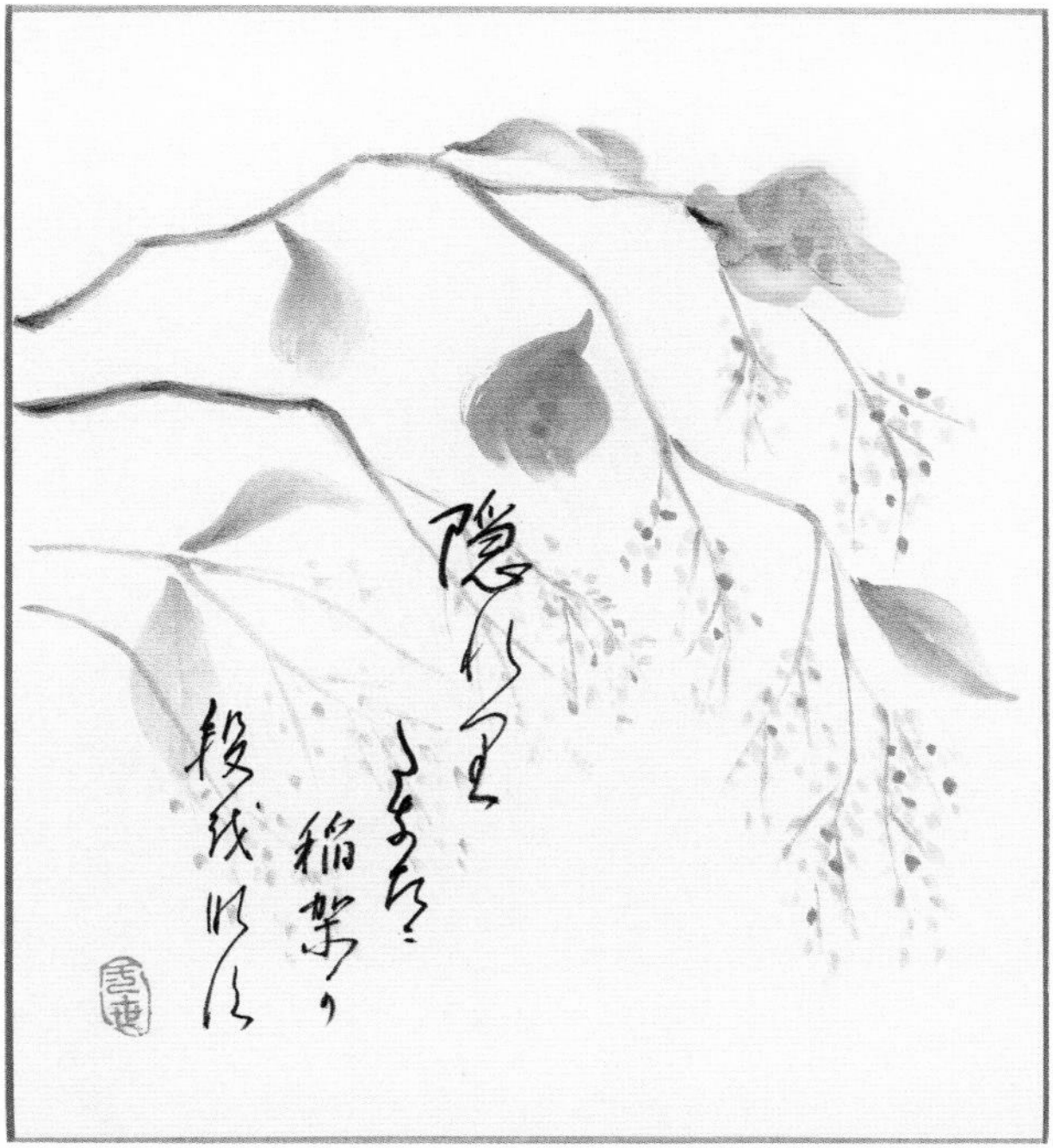

春雪や矜持を持して逝きし夫

赤みさしきたるすかんぽ平家村

遅れじと奥千本の花吹雪

直ぐに止む鏡花の町の春時雨

鵜篝や金華山はや闇の中

七つ星とんで落すな天道虫

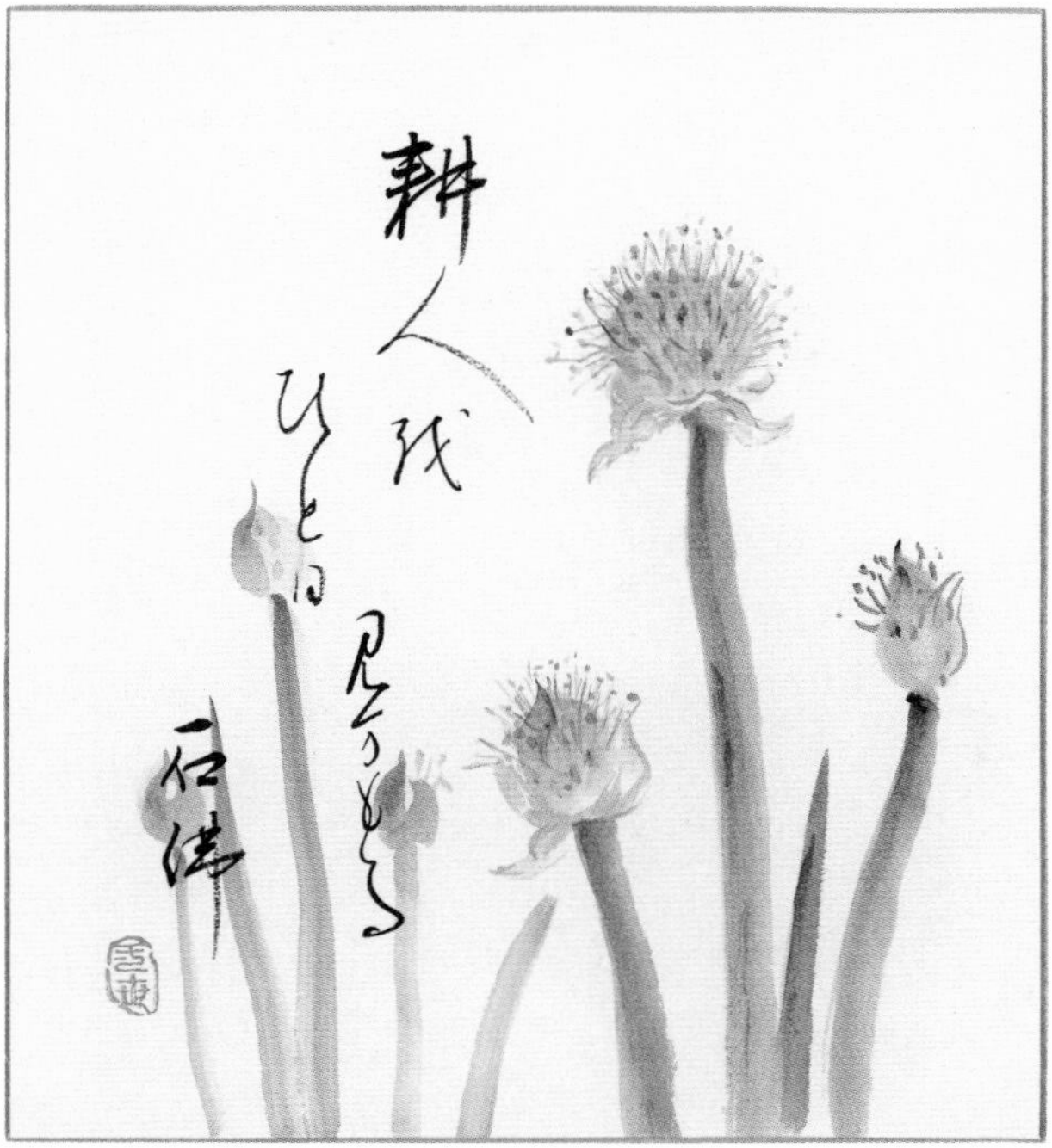

重き荷に仕丁俯き賀茂祭

新緑に染まりて御饌の鮑干す

潜らざる鵜も篝火に照らされて

早打ちとなる風鈴の売れ残り

他郷とて神の加護ある茅の輪かな

大路行く灼くる五重塔めざし

日盛りや押す呼鈴に応へなく

遅れ来て暗きに坐せり夏芝居

提灯の家紋をたたみ祭終ふ

母衣蚊帳の白きが魔除子が睡る

門灯に母の影ある帰省かな

追ひ付けぬものを追ひゆく走馬灯

止みたるは鳴き疲れしか法師蟬

はるかなるもの流れ着く下り簗

運筆をにはかに速め大文字

きりきりと光を絞り鳥威し

機殿に鳴き忘れたるつづれさせ

込み上ぐるものを怺へて秋扇

使はざる和室十日の菊活けて

無住寺に戻る障子を貼り替へて

もうなにも失ふもののなき枯木

還る土なくて舗道に鳴る枯葉

雪被せて隠し田かくす伊賀の国

以下は特・入選句など

一勝にまだ疵付かず喧嘩独楽

一勝にまだ疵つかず
喧嘩独楽

吊革の一つに二人卒業生

入学生送る船笛高鳴らし

花冷えの格天井の百歌仙

遠足にはち切れさうな無人駅

鯱据ゑし多門櫓の花に顕つ

お囃子もみな泥のなか御田祭

御田植の祝ぎ唄清きこゑ透る

山車出でしあとに檜の蔵匂ふ

紫陽花の迫り出す径を郵便車

日の目見し参謀肩章土用干

風鈴屋音こぼしつつ曳きゆけり

暑き日に衿かき合はす弥陀の前

日焼せし
海女を戒しゆく
白石

一を

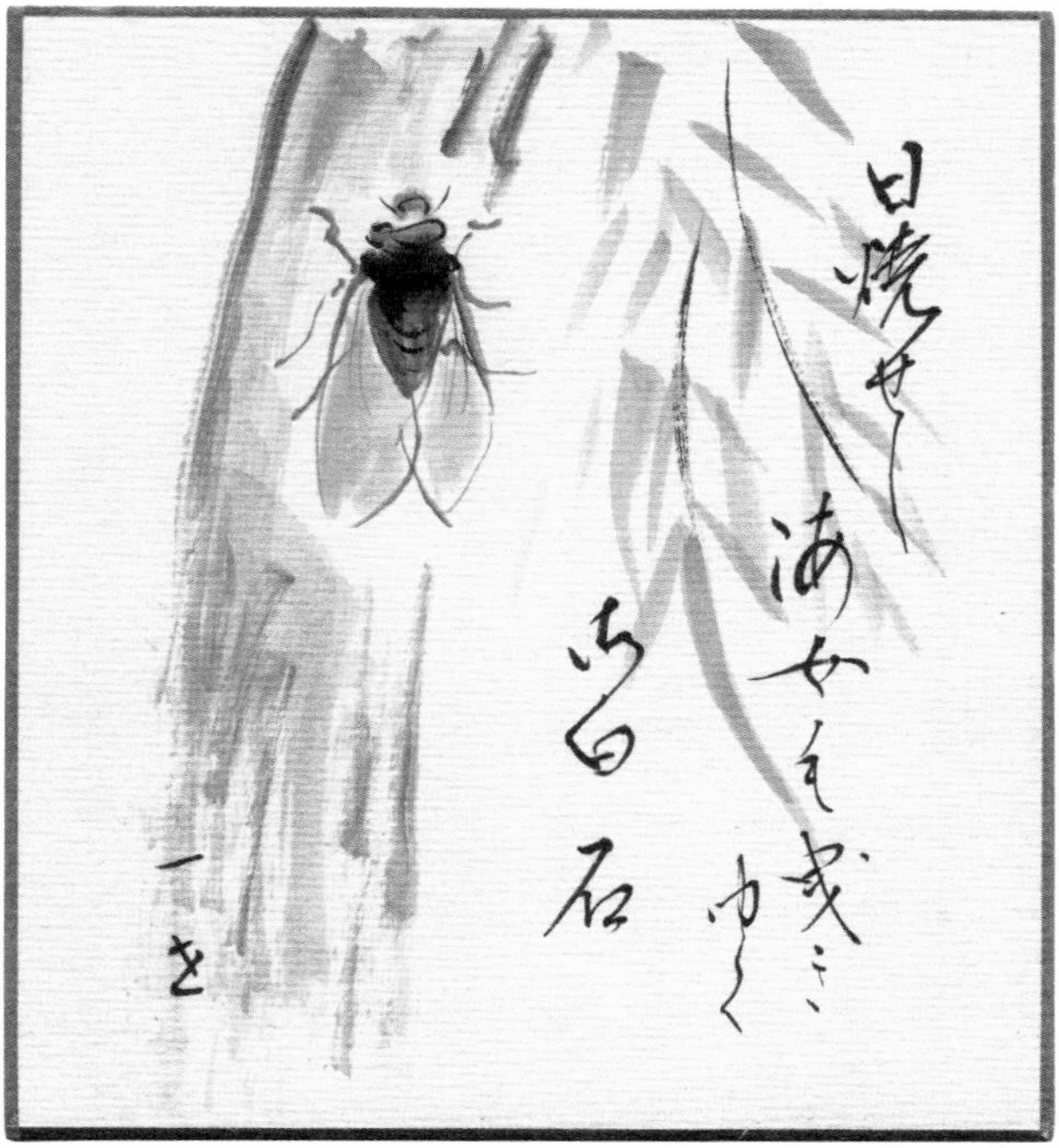

お点前の流るるごとく生身魂

九十九髪乱さず在す生身魂

日本外史よどみなく読み生身魂

流灯の見えぬ力に曳かれゆく

向き合ひし脚立師弟の松手入れ

師弟いま同じ高さに松手入

薫香や
尼が書院の
やわ硯

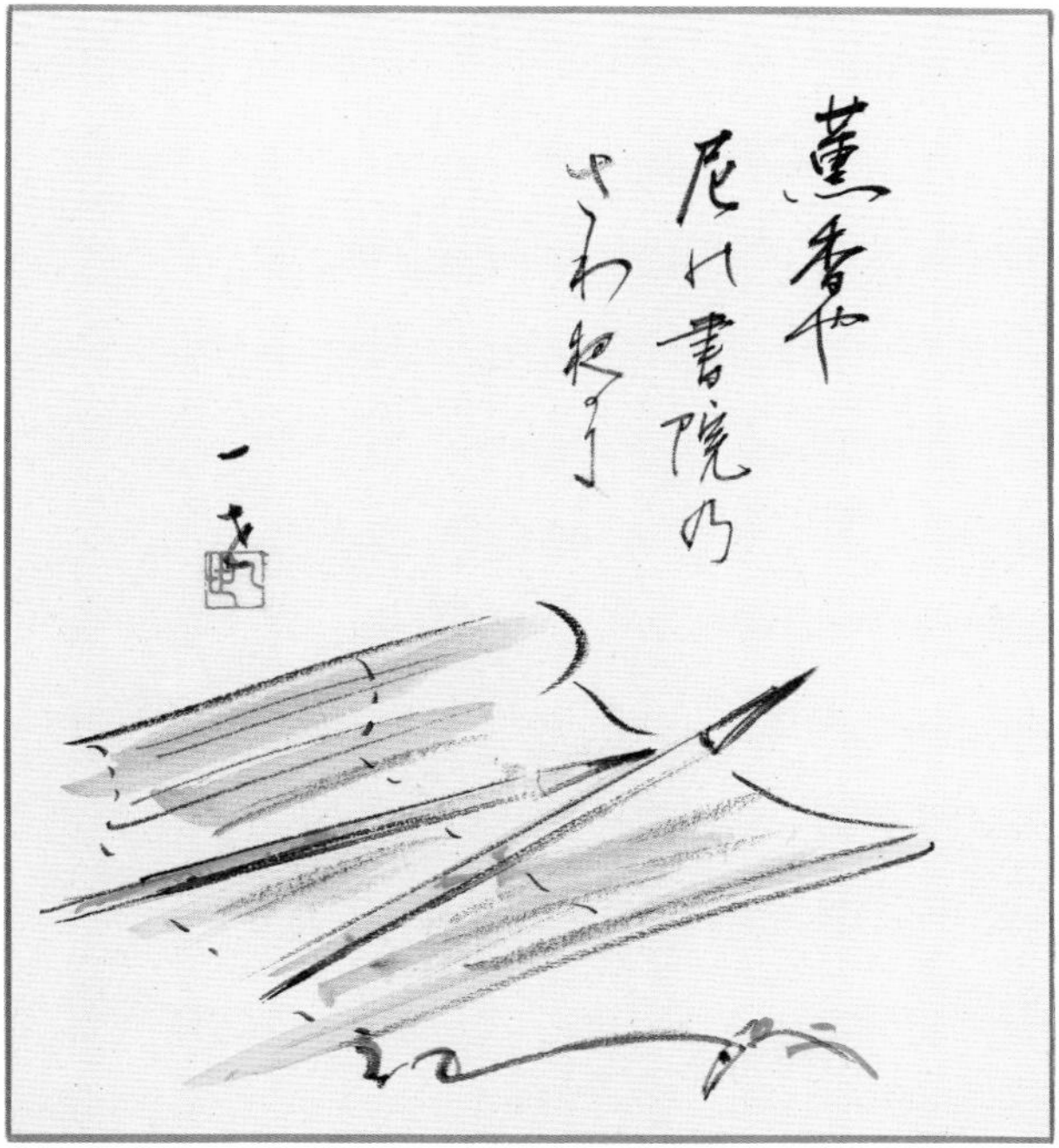

四百年生きし榧の実掌に享くる

汐ひきて暗礁あまた月を浴ぶ

山裾（やますそ）に
かまきり邑（むら）む
秋の暮

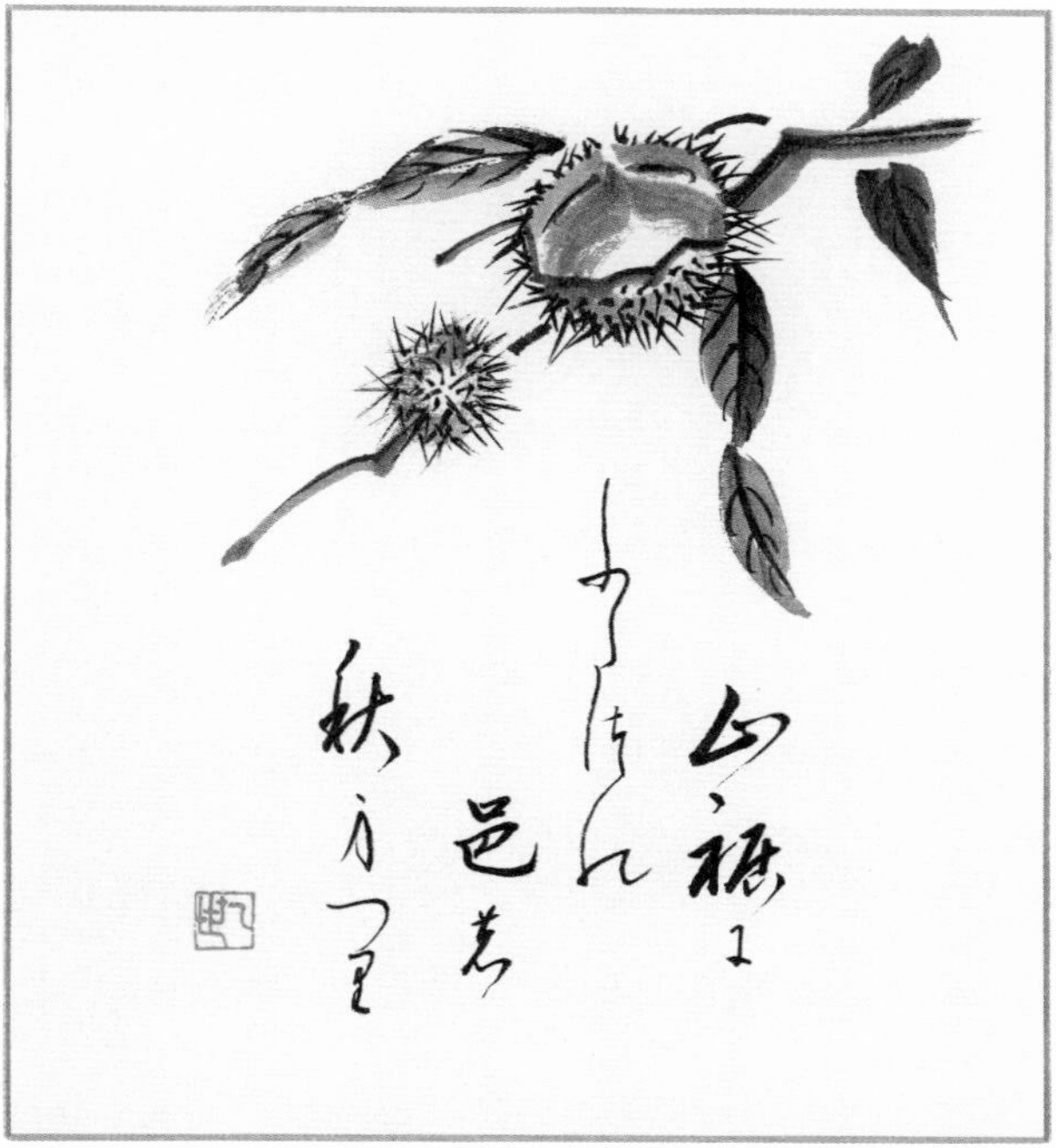

風見鶏置き去りにして燕去る

秋風の迷はず抜ける蜑の路地

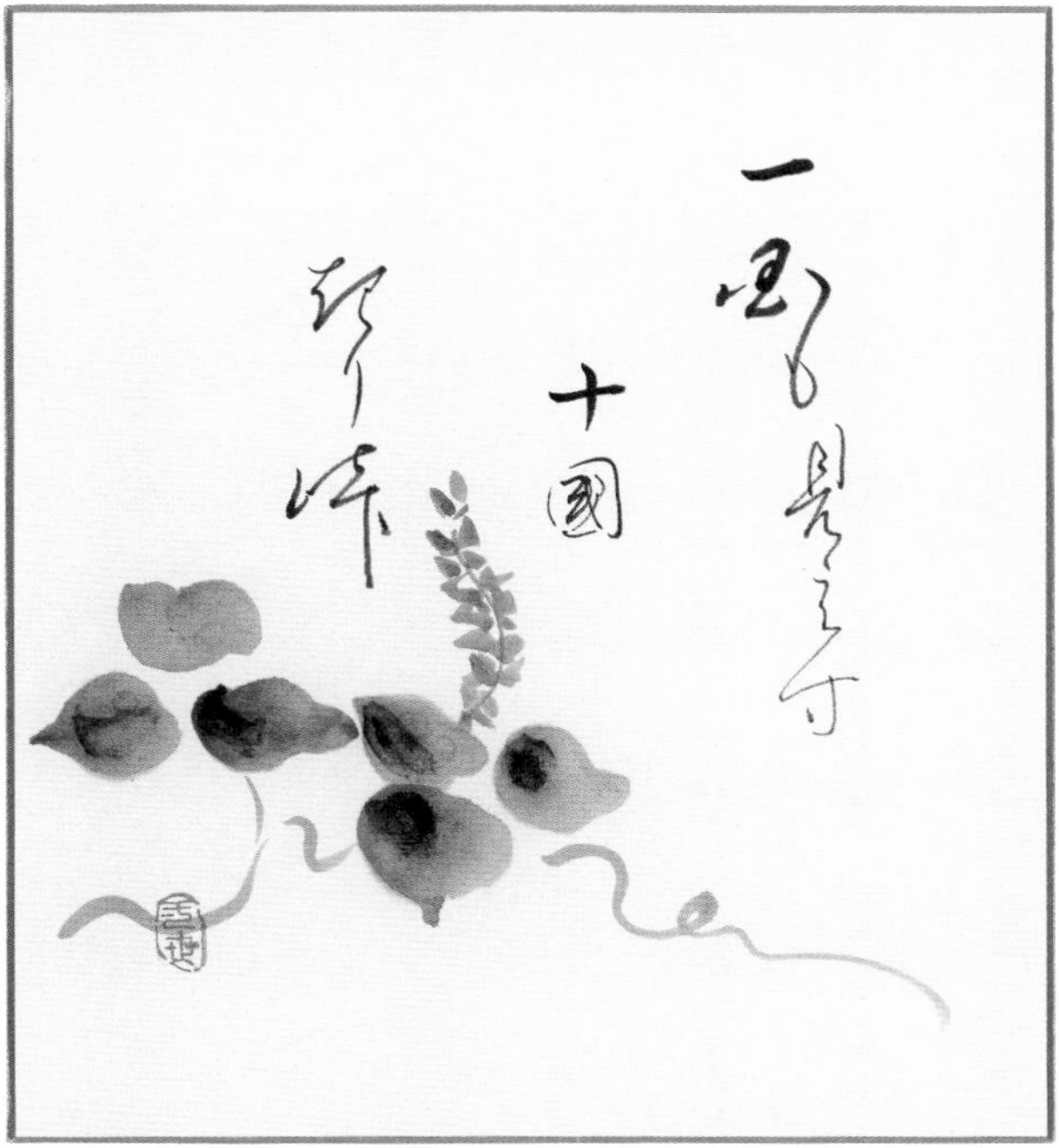

檣頭の鷗の光る秋日和

なほ蒼き翁生家の破芭蕉

林中に灯る一軒クリスマス

年忘れ椀は大振り漁師汁

平成十八〜二十年

たんぽぽの円座ちらばる平家墓地

カンガルー袋の子にも緑さす

熱帯魚四角の水に倦みもせず

暑を凌ぐ宇治十帖を読み進め

木漏れ日の揺れて貴船の川床料理

死に際の科白長々夏芝居

野球部の夜間照明合歓の花

万緑や高原列車の紅き箱

色鳥の来るこの庭を捨てられず

寒禽の一声もなく去りにけり

冬耕の二人離れしまま寄らず

以下は特・入選句など

能褒野陵媛の化身の花一樹

凧揚げて父の帰港を待ちゐたる

魞の竿見えて暮れざる湖国かな

角のあるものを円かに雪の庭

旅の荷を
小さく
纏めて
西行忌

第三句集に寄せて

このたび、母、和代の第三句集『明り窓』が刊行される運びとなりました。

第一句集『雛の灯』の句集名は、「子の熟睡《うまね》たしかめ雛の灯を消しぬ」がもとになっています。かつて祖父は、大阪中心部に診療所を構えており、父もその跡地での診療所再興を望んでいました。しかし、戦火で焼け野原になった現地を見てその思いを断ち、東紀州の小さな港町に診療所を開設しました。この句は、父を助け、薬剤師として忙しく働いていた母が、雛人形が飾られた部屋に眠る子ども達の姿を描いた作品です。

第二句集『色鳥』は、「色鳥の来るこの庭を捨てられず」に由来します。

診療所を閉じた父が、母とともに余生を送った三重県津市の終の棲家の情景です。木々草花が咲き誇る庭で、父母と子ども、孫、曽孫が大切な時間を過ごしました。

こうした家族が共有する句は、単に「写生」にとどまらず、時空を飛び越えて、当時の情景やその後の人生までを、私たちの脳裏に鮮やかによみがえらせてくれます。

平成二十一年に第二句集を刊行したのちも、母は小さな黒い俳句帳を常に持ち歩き積極的に作句を続けていました。九十歳を過ぎた頃、問われるがままに、「いろいろなことがわかって、やっと、少し納得できる句ができるようになった」と申します。そこで、母の俳句人生の集大成となる第三句集の刊行を強く勧めました。また、家族からの要望として、第三句集以前の昭和三十七年から平成二十年までの代表句や思い出の句を母に選んでもらい、描きためた俳画を添えて、「付　思い出」としてまとめました。

今、人生百年時代が現実のものとなりつつあります。人間の身体や体力は高齢になれば衰えます。しかし、幸い、心は衰えを知らぬ存在です。そして、知恵は、何歳になろうとも努力によって増え続けます。母にとって俳句との出会いは、若い心を保ち、知恵を伸ばし続けるよすがとなりました。また、十七文字の文学を介した見知らぬ人々との密な俳句界交流も母の楽しみの一つになっています。第三句集が俳人の皆様との新たな縁を結ぶきっかけになることを願っています。

最後に、この第三句集は、九十四歳の母を中心に、俳句に未経験な家族がまとめたものです。読者の皆様には、多くの不備が目につくとは存じますが、ご寛容のほどお願い申し上げます。

令和四年二月

山口　建

（静岡県立静岡がんセンター総長）

あとがき

この度、第三句集を上梓致しました。

第一句集『雛の灯』は平成十年、第二句集『色鳥』は平成二十一年に上梓致しました。その後、第三句集との想いもありましたが、高齢となり体力、智力共に衰えを感じ、その思いを断ち切っていました。ところが長男に私の俳句人生を孫や曾孫に伝えるべきだと盛んにすすめられ、それに順う事と致しました。

私の俳句との出会いは昭和三十七年、「天狼」入会に始まり、「狩」、「香雨」に入会させていただき今日に至って居ります。山口誓子先生、鷹羽狩行先生、片山由美子先生の御三方を師と仰ぎました事は私の生涯にとりまして無上の幸せでした。

第三句集の句集名「明り窓」は庭で舞う蝶を見て嘗て吟行で牛小屋を訪ねました時、牛の優勝額の側に明り窓がありました事が鮮明に思い浮び、早速、句と致しました。はからずも平成三十一年度俳人協会全国俳句大会に於て、仲村青彦先生の特選を頂き、西山睦先生、角谷昌子先生の入選も賜った心に残る一句となりました。

この句集には、子どもたちの勧めもあり、私の俳句人生の「思い出」となる百七十四句を掲載しました。第一句集、第二句集を始め、様々な句会などでご評価いただいた作品をまとめたもので、子、孫、曾孫に目を通してもらいたい句を選びました。つたない句集ですが、お目通しいただければ幸いに存じます。

この句集は、慣れない作業に汗をした長男や家族の励ましがあってまとめる事が出来ました。その幸せを胸に秘め、感謝したいと思います。また、今日までご指導を賜りました諸先生を始め、長くご交誼下さいました皆様にも心より深謝申し上げます。

旅立ちは急ぐなかれと庭の芽木　一世

令和四年如月

山口一世

著者略歴

山口一世（やまぐちかずよ）　本名　和代

昭和２年　三重県生まれ
昭和22年　帝国女子医学薬学専門学校
　　　　　薬学科卒業（現東邦大学）
昭和37年　「天狼」入会、その後、同人
昭和53年　「狩」入会、その後、同人
昭和57年　「樅」入会、その後、同人、
　　　　　平成5年退会
平成10年　第一句集『雛の灯』上梓
平成18年　三重県知事賞受賞
平成21年　第二句集『色鳥』上梓
平成31年　「香雨」入会、その後、同人

俳人協会会員、三重県俳句協会会員、
星河俳句会会員

現住所　〒514-0821
　　　　三重県津市垂水2927-134

句集　明り窓　あかりまど
二〇二三年三月三日　初版発行
著　者——山口一世
発行人——山岡喜美子
発行所——ふらんす堂
〒182-0002　東京都調布市仙川町一—一五—三八—二F
電　話——〇三（三三二六）九〇六一　FAX〇三（三三二六）六九一九
ホームページ　http://furansudo.com/　E-mail　info@furansudo.com
振　替——〇〇一七〇—一—一八四一七三
装　幀——君嶋真理子
印刷所——日本ハイコム㈱
製本所——㈱松岳社
定　価——本体二八〇〇円＋税
ISBN978-4-7814-1522-2　C0092　¥2800E
乱丁・落丁本はお取替えいたします。